AF332294

PAR CONTINUATION.

CATALOGUE

DE LA

2e VENTE

DES

TABLEAUX

ANCIENS ET MODERNES,

Provenant de la Collection de **M. Alphonse GIROUX** père

QUI SE FERA

POUR CAUSE DE SON DÉCÈS,

LES LUNDI **24** ET MARDI **25** FÉVRIER **1851**,

heure de midi.

A L'HOTEL DES VENTES,

RUE DES JEUNEURS, N. 42,

SALLE N° 1,

Par le ministère de Me BONNEFONS DE LAVIALLE,

Commissaire-Priseur, rue de Choiseul, n° 17,

Et de Me **VAUTIER**, son collègue, rue Joubert, n° 21,

Assistés de M. **DEFER**, expert, quai Voltaire, n. 21,

Et de M. **Ferdinand LANEUVILLE**, expert, rue Caumartin, n. 44,

Chez lesquels se distribue le présent Catalogue

EXPOSITION PUBLIQUE

Le Dimanche 23 Février 1851, de midi à cinq heures.

Paris

IMPRIMERIE ET LITHOGRAPHIE DE MAULDE ET RENOU,

Rue Bailleul, 9 et 11, près du Louvre.

1850

CATALOGUE

DE LA

2ᵉ VENTE

DES

TABLEAUX

ANCIENS ET MODERNES,

Provenant de la Collection de **M. Alphonse GIROUX** père.

QUI SE FERA

POUR CAUSE DE SON ÉTAT.

LES LUNDI **24** ET MARDI **25** FÉVRIER **1851**,

heure de midi.

A L'HOTEL DES VENTES,

RUE DES JEUNEURS, N. 42,

SALLE Nº 1,

Par le ministère de Mᵉ BONNEFONS DE LAVIALLE,

Commissaire-Priseur, rue de Choiseul, n. 11.

Et de Mᵉ VAUTIER, son collègue, rue Joubert, nº 21,

Assistés de M. **DEFER,** expert, quai Voltaire, n. 21,

Et de M. **Ferdinand LANEUVILLE,** expert, rue Caumartin, n. 44,

Chez lesquels se distribue le présent Catalogue.

EXPOSITION PUBLIQUE

Le Dimanche 23 Février 1851, de midi à cinq heures.

PARIS.

IMPRIMERIE ET LITHOGRAPHIE DE MAULDE ET RENOU,
rue Bailleul, n. 9 et 11, près du Louvre.

1851.

AVERTISSEMENT.

Cette seconde partie de la Vente de la Collection de M. ALPHONSE GIROUX père, se compose de Tableaux anciens et modernes qui n'avaient pu être compris dans la première Vente. On remarquera encore quelques bonnes productions des Maîtres des Écoles Italienne, Flamande, Hollandaise et Française, et de celles d'Artistes du commencement de ce siècle, tels que Swebach, Droling, Demarne, David, Forbin, Paillière, Duval Le Camus et autres.

CONDITIONS DE LA VENTE.

Elle sera faite au comptant.

Les acquéreurs paîeront cinq pour cent en sus des enchères, applicables aux frais de vente.

DÉSIGNATION

DES TABLEAUX.

TABLEAUX ANCIENS.

ÉCOLE ITALIENNE.

ALBANE.

1 — Diane et ses nymphes sortant du bain : neuf figures
au premier plan d'un beau paysage.

ALBANE (Attribué à l').

2 — Apparition de la croix à sainte Madeleine.

ALBANE (D'après l').

3 — Saint Jean prêchant dans le désert. Composition de
forme ovale.

CARLO DOLCI (Attribué à).

4 — *Ecce Homo*. Tableau de forme ovale.

DOMINIQUIN (École du).

5 — Sainte Catherine à genoux sur la roue, instrument de son martyre.

DU MÊME.

6 — Saint Jean l'évangéliste écrivant l'Apocalypse.

GUERCHIN.

7 — Tête du Sauveur.

MASSACIO.

8 — Christ portant sa croix, la Vierge évanouie est soutenue par les Saintes-Femmes.

MICHEL-ANGE DU CARAVAGE.

9 — Madeleine assise en invocation devant le Christ.

MURILLO (Attribué à).

10 — Sainte-Famille peinte sur ardoise.

JULES ROMAIN (École de).

11 — Fuite en Egypte. La Sainte-Famille dans une barque dirigée par deux matelots.

ELISABETH SIRANI.

12 — Communion de la Madeleine.

SINIBALDI.

13 — Paysage : entrée de forêt où se voient des chasseurs.

13 *bis* — Paysage : pendant du précédent.

5

TIEPOLO.

14 — Réception d'un pape. Composition de douze figures.

VELASQUEZ.

15 — Moine en contemplation.

PAUL VERONÈSE.

16 — Portrait d'un personnage florentin.

ALEXANDRE VERONÈSE.

17 — Jésus baptisé par saint Jean.

ÉCOLE ITALIENNE.

18 — L'atelier de Baccio Bandinelli.

ÉCOLE ITALIENNE.

19 — Un Silène et des Faunes. Sur bois.

ÉCOLE ESPAGNOLE.

20 — Marche de bohémiens.

ÉCOLES FLAMANDE ET HOLLANDAISE.

VAN ACHE.

21 — Paysage. Vue de Hollande.

ASSELIN.

22 — Des fabriques sur une éminence, au bas, un chas-
seur tire sur des canards qui s'envolent vers une
rivière.

BAUT ET BAUDOUINS.

23 — Sur un chemin en avant d'un bois, se voient diverses figures se dirigeant vers un village qu'on remarque à gauche dans l'éloignement.

ANDRÉ BOTH.

24 — Porte en ruine au bord de la mer, au premier plan plusieurs figures.

BREEMBERG (Bartholomée).

25 — Nymphes et satyres et leurs troupeaux en avant de rochers qui sont bordés à gauche par la mer.

CUYP (École de).

26 — Une chaumière près de laquelle un paysan tire de l'eau à un puits pour abreuver son troupeau.

VAN DYCK (Attribué à).

27 — Tête d'homme dirigé à gauche.

VAN DYCK (Ecole de).

28 — Portrait d'homme. Forme ovale.

FRANCK.

29 — Sujet tiré de la Bible et composé d'un grand nombre de figures.

FRANCK.

30 — Les œuvres de miséricorde. Composition d'un grand nombre de figures.

HALS.

31 — Un joueur de cornemuse, assis sur un tertre, fait danser son chien.

VAN DER HELST.

32 — Portrait d'homme.

DE HEEM.

33 — Des cerises, des fraises et des groseilles sur une table.

DE HER.

34 — Intérieur d'auberge italienne.

HONGHTORST.

35 — Un flûteur, il est vêtu du costume florentin du XVIIIe siècle.

LAIRESSE.

36 — Agar reçu par Abraham. Trois figures en pied.

VAN LINT.

37 — Une rue d'un village hollandais, à gauche un abreuvoir.

DU MÊME.

38 — Paysage, au premier plan un moulin en avant duquel est un chemin où des paysans sont occupés à charger du foin sur une charrette.

FRANCISQUE MILLET.

39 — Paysage, au premier plan un centaure tire son arc sur un lion.

DU MÊME.

40 — Paysage de style, avec fabrique.

VAN-MOL

40 *bis* — Diogène.

VAN DER POEL.

41 — L'Incendie d'un village.

RICKAERT.

42 — Des fumeurs dans un estaminet hollandais. Six figures.

SIEBOLD.

43 — Vieillard tenant une cornemuse.

SNAYERS.

44 — Les misères de la guerre. Composition d'un grand nombre de figures.

HERMAN SWANEWELT.

45 — Paysage. Style d'Italie.

TENIERS (Abraham).

46 — Une servante tire de l'eau à un puits, autour d'elle divers accessoires de cuisine.

TENIERS.

47 — Un Festin. Quatre personnages à table sont servis par deux serviteurs dont un nègre. Pastiche de Paul Véronèse.

VERMEULEN.

48 — Un Hiver. Canal glacé de la Hollande avec pati-
neurs.

VERSCHURING.

49 — Halte de cavalerie à la porte d'une auberge.

DE VRIES.

50 — Paysage avec figures et animaux, dans le fond
des montagnes couronnées de fabriques.

WEIROTER (Edmond).

51 — Paysage avec chaumière. Au premier plan une pas-
serelle conduit à un chemin sur lequel se voient
deux figures.

ÈCOLE FRANÇAISE.

SEBASTIEN BOURDON.

52 — Dans l'intérieur d'un cellier, cinq paysans dont
deux jouent aux cartes.

LENAIN.

53 — Une caverne où des voleurs recelaient leur butin.

POUSSIN (Ecole du).

54 — Les trois âges. Composition de six figures.

VANLOO.

55 — Tête de jeune garçon.

VERNET (Ecole de).

56 — Clair de lune.

ÉCOLE FRANÇAISE.

57 — La maladie d'Antiochus.

———◦◦◦———

ÉCOLE FRANÇAISE MODERNE.

AIMON.

58 — Marine au clair de lune. Une rivière coule au tra-
vers des rochers.

BERLOT.

59 — Ruines d'une église à Marseille.

DU MÊME.

60 — Intérieur d'un cloître à Tivoli.

DU MÊME.

61 — Une prière à sainte Anne.

BERLOT.

62 — Le Télégraphe.

DU MÊME.

63 — L'Offrande.

DU MÊME.

63 *bis* — Pendant du précédent.

BEHAGUET.

64 — Les Fonts baptismaux.

BERRÉ.

65 — Un Pâturage. A droite, trois vaches dont deux sont
couchées au pied d'un arbre.

BERTIN.

66 — Vue extérieure du château de la reine Blanche.

BERTIN.

67 — Paysage boisé. Des pâtres vêtus à l'antique condui-
sant un chariot traîné par des bœufs.

BERTIN.

68 — Prairies arrosées par un bras de rivière, et entourées
de montagnes et monticules boisés.

BIARD.

69 — Un musulman.

BLONDEL.

70 — Le roi Chérebert fait la rencontre de Tendigilde.

BOUTON.

71 — Bains de Julien. Vue intérieure de l'ancien palais
des Thermes, à Paris.

DU MÊME.

72 — Vestibule et escalier d'un palais.

DU MÊME.

73 — Ruines d'un ancien monastère.

BRUANDET.

74 — Intérieur de forêt. Diverses figures par Swebach.

L. DAVID.

75 — Tête de vieillard.

D'APRÈS LE MÊME.

76 — Le couronnement de l'Empereur. Copie soignée,
par M. Lasave de l'Académie de Saint-Luc.

DEMARNE.

77 — La lecture de la Bible.

DU MÊME.

78 — Une route.

AUGUSTE DESMOULINS.

79 — L'atelier de Raphael.

DROLLING.

80 — Petit paysan portant une besace sur son épaule.

DROLLING.

81 — Intérieur rustique.

DUBUFFE.

82 — A la réception d'une lettre datée de Wagram et con-
tenant la décoration de son mari, une jeune dame
se livre à une vive douleur.

DU MÊME.

83 — Jeune dame tenant un lorgnon et souriant.

DU MÊME.

84 — Buste d'une jeune femme vue de profil et tenant un
bouton de rose.

DUCLAUX DE LYON.

85 — Au premier plan d'un riche paysage, trois belles
vaches au pâturage.

DUBOIS (Etienne).

86 — Intérieur du laboratoire d'une fabrique de papiers
de tenture.

DUPEUX.

87 — Vue de Paris, prise sous le pont de l'Hôtel-Dieu.

DUVAL LE CAMUS (M.).

88 — Le départ pour la ville. Une jeune fille, appuyée
sur un cheval sur lequel elle va monter, reçoit
les recommandations de sa vieille mère qui est
assise à la porte de sa chaumière.

DUVAL LE CAMUS.

89 — La marchande d'indienne. Elle déploie sa marchandise devant une paysanne assise à la porte de sa maison.

DU MÊME.

90 — Un paysan, tenant un enfant dans ses bras, et près de lui une jeune fille apportent des œufs à un religieux assis sous un portique d'où l'on découvre la ville de Naples et la mer.

DU MÊME.

91 — Paysans occupés à préparer du chanvre devant la porte d'une chaumière.

FORBIN (Le comte de).

92 — Enterrement d'un moine dans l'intérieur d'un couvent.

FRAGONARD.

93 — Vénus et l'Amour. Dessin.

GENOD DE LYON.

94 — Courage et Charité.

GRANET.

95 — Intérieur d'une buanderie dans un couvent à Rome.

DU MÊME.

96 — Une vieille femme se chauffant les mains sur une chaufferette.

15

HAUDEBOURG (Mme).

97 — Vue de la villa Medicis prise à la Trinité des monts
à Rome.

LALLEMAND.

98 — Paysage.

LAURENT.

99 — Une jeune fille au bord d'une fontaine, où elle
emplit sa cruche, est assise tenant une rose à la
main.

DU MÊME.

100 — Le Libérateur.

EMMA LAURENT (Mlle).

101 — La princesse Florine, d'après M. Laurent d'Epinal.

LECOEUR.

102 — Deux religieux en conversation à une fenêtre d'un
cloître.

LEPRINCE (Xavier).

103 — Le jeune Négris en son costume national.

DU MÊME.

104 — Étude d'âne.

LEMERCIER.

105 — Paysage.

LEGILLON.

106 — Vue d'une ferme, où se voient diverses figures et
animaux.

FRANCE DE LIÉGE.

107 — Le Retour du grenadier de la garde dans ses foyers.

PRÉVOT.

108 — Paysage de style avec figures.

LÉON PALLIÈRE.

109 — Etudes du péristyle d'un couvent à Rome.

LORIMIER (Mlle).

110 — Jeanne d'Albret accompagnée de son jeune fils,
vient prier au mausolée renfermant les cendres
de son époux.

LORDON.

111 — Une jeune femme portant un enfant dans ses bras,
fruit d'un amour malheureux, revient à la maison paternelle, à peine en a-t-elle touché le
seuil qu'elle se sent prête à tomber, accablée de
honte et de repentir.

DU MÊME.

112 — Raphaël, conduit par son père, montre au Pérugin
ses premières esquisses.

REGNIER.

113 — Vue sur les côtes de Normandie.

OCTAVE RENOUARD (1837).

114 — Tête de jeune fille de Frascati.

SALOMON.

115 — Ruines d'un temple.

SENAVE (1818).

116 — Un marché dans une ville. Composition d'un grand
nombre de figures.

SERVIERE (Mme

117 — Maleck-Adhel promet à Mathilde d'abjurer sa reli-
gion pour embrasser le christianisme.

STEUBEN (Ecole de M.).

118 — Guillaume Tell.

SWEBACH.

119 — Le Retour du paysan à la ferme.

SWEBACH.

120 — Marche de cavalerie et de bagages sur un terrain
montueux et au milieu d'un paysage riant.

TRUCHOT.

TABLEAUX DIVERS.

8623   Imp. Maulde et Renou, rue Bailleul.